ヴィジュアル・ストーリー

ポー
怪奇幻想集

1
[赤の怪奇]

E・A・ポー
金原瑞人――訳
Mizuhito Kanehara
ダビッド・ガルシア・フォレス――画
David Garcia Forés

ヴィジュアル・ストーリー

ポー
怪奇幻想集

1

［赤の怪奇］

E・A・ポー
EDGAR ALLAN POE

金原瑞人＝訳

わたしの愛しい――愛しい――命であり花嫁であるデゼリに

――ダビッド

ヴィジュアル・ストーリー

ポー
怪奇幻想集

1

［赤の怪奇］

E・A・ポー＝作
ダビッド・ガルシア・フォレス＝画
金原瑞人＝訳

Ravings of Love and Death. Volume 1. By Edgar Allan Poe
Illustrations: David Garcia Forés
Design: Carlos Ruiz Gallardo
Music: Teo Grimalt Hirvonen
Additional texts: Silvia G. Guirado

INDEX

目次

FOREWORD

まえがき

恐怖

恐怖。わたしが最初にエドガー・アラン・ポーを読んだときに感じたのは恐怖だった。9歳という感受性の鋭いときのことだ。今でもこの魅力的な作者の作品を読むたび、そのときの恐怖に身震いしてしまう。ポーの作品はもっとも純粋な形の恐怖だ。彼の小説は心に深く切りつけ、彼の詩は魂の底にまで響く。そして愛と恐怖は共謀して、どちらがどちらなのかわからなくなってしまう。ポーの作品は、その不気味さ、異常さ、グロテスクさ、恐ろしさは最高位に達していて、年月を経てもその強烈さは衰えていない。わたしはポーを読み返すたびに、無邪気な幼い頃の体験を思い出して、子どもにもどったような気がする。すぐに驚いて恐がる子どもに。

恐怖。それがわかるようになり、さらにその度合いが強くなってきた。それは、ポーの作品をモチーフにイラストを書くようになってからだ。わたしはポーに対する尊敬と賞賛の気持ちからイラストを描き始めた。ただ、わたしの人生におけるあらゆる怖ろしいことと同じで、しかるべき仲間がいれば、恐怖は軽減する。そしてわたしは今までとてもいい相手に恵まれてきたといっていいだろう。

この冒険的な作品を世に出すにあたって、次の仲間に感謝したい。カルロス・ルイスはポーの世界に飛びこみ、それを理解し、この本のデザインに見事にあてはめてくれた。テオ・グリマルトはこの本のサウンドトラックを作ってくれた。これはまちがいなく読者をそれぞれの物語に引きこんでくれるはずだ（次のページにある音楽をダウンロードして、確かめてみてほしい）。シルビアは文章を読み直して、ポーの生命を言葉に吹きこんでくれた。フランセスクとヌリアはインタラクティブ版を製作してくれた。マルタは、わたしが行き詰まったとき、筆を添えてくれた（「赤死病の仮面」の窓は彼女が描いてくれた）。ナイアラはこの企画が世に出るための窓を開いてくれた。カルロス・フォルトは、とんでもないアイデアを提供してくれた。エフレンはわたしを信頼してくれた。デゼリはすべてにわたって援助をしてくれたうえに、非常に的確な指摘をしてくれた。このような人々のおかげで、わたしが最初の頃に感じた恐怖は幻想と愛と献身に変わり、ポーへのこのささやかなトリビュートが日の目をみることができた。

恐怖。それを読者はページをめくりながら感じ、ポーの世界が巻き起こす戦慄の竜巻に吸い上げられることだろう。そして読者の一部は、自分が子どもにもどったような気持ちに襲われるだろう。わたしがポーの物語を読み返すときと同じように。

ダビッド・ガルシア・フォレス
2013年3月12日　バルセロナにて

警告。勘違いをして、あるいは何も知らずに、この古い物語を読もうと思った不注意な読者にいっておきたい。恐怖の暗い道や、心の奥底にある恐怖の迷路に踏み出す勇気のない者にとって、これらの物語は精神的な健康や気分をはなはだしくそこねる可能性がある。そういう読者は、ページを開かないよう、強くいっておきたい。

そうではなく、この冒険に飛びこむ覚悟のある読者には、次のアドバイスをしておこう。そうすればこれらの物語をもっと楽しむことができるだろうし、無事、現実の世界にもどることができるはずだ。注意を怠らないように。

もしこの世界にどっぷり浸かりたければ、照明を暗めにして、テオ・グリマルトの音楽をかけるといい（www.ipoecollection.com/soundtrack）。

Deep Down Confession	「告げ口心臓」
Snow Portrait	「楕円形の肖像画」
Bell and Me	「アナベル・リー」
Red Death	「赤死病の仮面」
Red Masquerade	「赤死病の仮面」
Harpoe	（ポーのテーマ）

1843

EDGAR ALLAN POE'S THE TELL-TALE HEART

告げ口心臓

嘘じゃない！ 神経が敏感になって、怖ろしいほど敏感になって、今もそうなんだ。なのに、なんで頭がおかしいと決めつける？　感覚が鋭くなったんだ。麻痺したわけでも鈍ったわけでもない。とくに耳が鋭くなった。天上のことも地上のこともすべて耳に入ってくるんだ。地獄のこともあれこれきこえてくる。なのに、頭がおかしいって？　とにかく、きけ！　おれは落ち着いているし、冷静だ。最初から最後まで話すから、いいな。

いったいなんであんな考えが浮かんだのか、まったくわからない。だけどいったん頭にちらつきだしてからは、昼も夜もあのことばかりだった。うらんでたわけでもないし、腹立たしく思ってたわけでもない。おれはあのじいさんが好きだったんだ。ひどい目にあわされたこともないし、ばかにされたこともない。じいさんの金がほしかったわけでもない。

問題は、あの目!
そう、そうなんだ!

片方の目がハゲタカの目そっくりだった。薄青い膜におおわれたような目。あの目でみられると、血も凍る思いがした。そして少しずつ、次第に、殺意がこみあげてきた。殺せば、あの目から逃げられる。

いいからきいてくれ。頭がおかしいと思ってるんだろうが、頭のおかしい人間は頭が働かない、そうだろう?　だからきいてくれ。おれがどんなにうまく準備して——用心して——先のことまで考えて、たくらみを隠して、実行したか!　殺す前の一週間は、それまでにないほど、じいさんに親切にしてやった。そして毎晩、十二時頃になるとじいさんの部屋のノブをまわしてドアを引いた。そっと!　それから頭が入るくらいドアを開け、光がもれないように布でしっかり巻いたランタンを突っこむ。次はおれの頭だ。どんなにうまくやったか、そのときの様子をみていたら、だれでも声を上げて笑ったと思う。**こっそり**、頭を入れていくんだ。じいさんを起こさないように。一時間くらいかけて、頭を首《ゆっくりと》まで入れていく。するとベッドに寝ているじいさんがみえる。ほら、わかるだろう!　気のふれた人間にここまで考えられるか?　頭がなかに入りきると、今度はランタンのふたをそっと——**本当にそっと**——蝶番がきしまないようにそっとずらしていって、細い一筋の光であのハゲタカの目を照らす。おれはこれを七晩、時間をかけてやった。毎晩、十二時に。だがいつも目は閉じていた。だから、やれなかった。おれに殺意を抱かせたのはじいさんじゃなくて、あの目だったんだから。毎日、夜が明けると、おれは堂々とその部屋に入って、普通に声をかけて、ほがらかに名前を呼んで、ぐっすり眠れましたかとたずねた。よっぽど用心深い人間でもない限り、毎晩十二時に寝ているところをのぞかれているなんて、思うはずがない。

八日目の夜、おれはそれまで以上に用心しながらドアを開けた。おれの手は懐中時計の分針より動きが遅かったくらいだ。その晩ほど、自分の能力と賢さを実感したことはない。勝利の叫びをあげたくなるのを必死にこらえた。こうやって少しずつドアを開けているというのに、じいさんはおれのたくらみや、今していることなんかちっとも知らないでいる。そう思うと、小声で笑ってしまった。それがきこえたのか、じいさんがいきなり寝返りを打った気配がした。おれが頭を引っこめたかって？ **いいや**。部屋はまっ暗で何もみえなかった（泥棒が入らないよう厳重に鎧戸を閉めてあったんだ）。だからドアが開いているのがみえるはずがない。おれはゆっくり頭を突っこんでいった。

頭が首まで入ったので、ランタンのふたをずらそうとしたとき、ブリキの留め金にかけていた親指がすべった。じいさんががばっと体を起こして**叫んだ**。

「だれだ?」

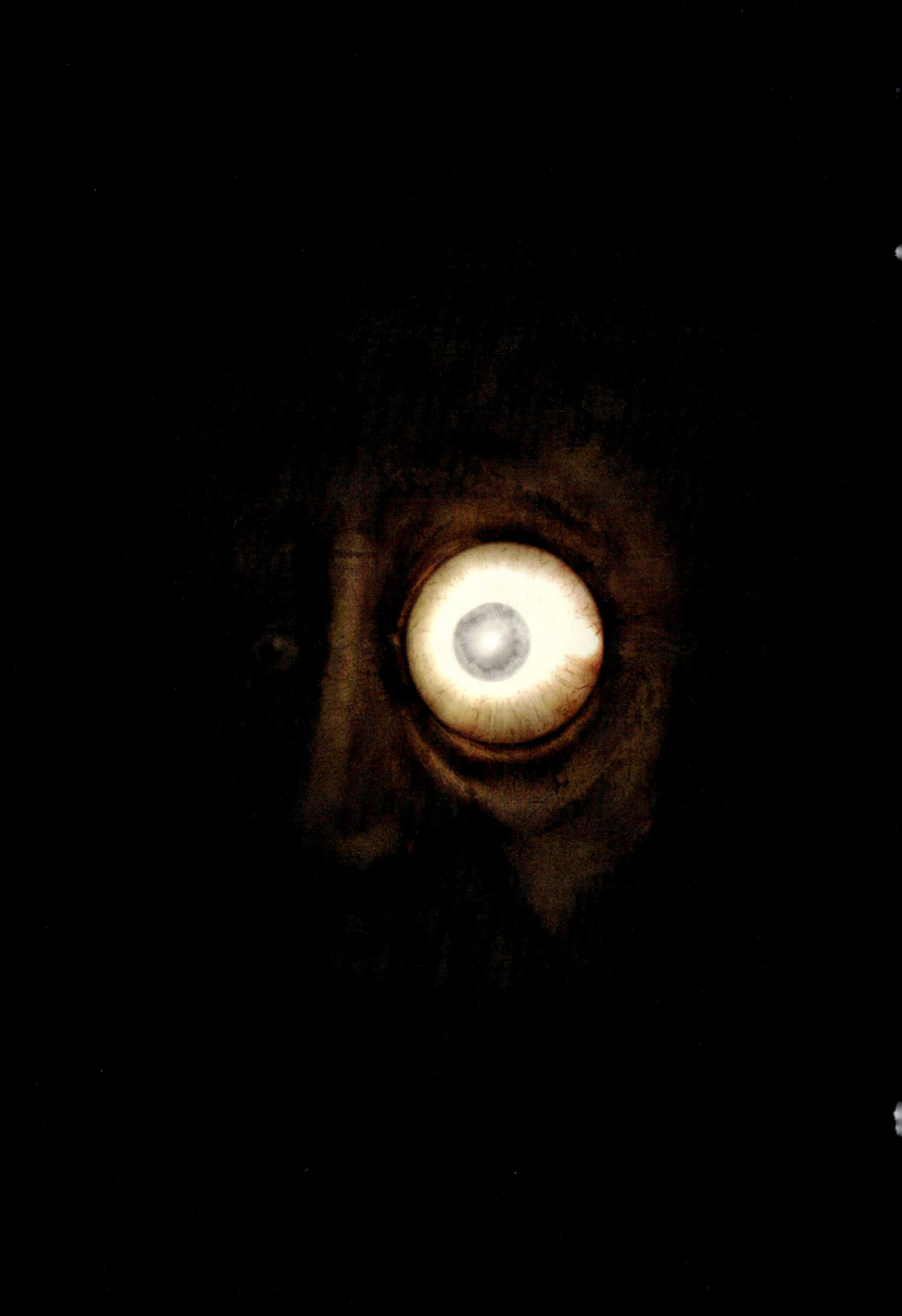

おれはじっとして口を閉じていた。一時間ほど、ぴくりとも動かないでいたが、じいさんが横になる気配はなかった。体を起こして、聞き耳を立てている。おれが幾晩もやっていたように、壁のなかにいる死番虫(シバンムシ)のたてる不吉な音をきいている。

細いうめき声がきこえてきた。迫り来る死におびえているのだ。痛みや悲しみのうめきではない——ちがう! その押し殺した低い声は、恐怖でふくれあがった魂の奥底からわきあがってくる声だ。おれにも覚えがあった。深夜何度も、世界が寝静まったとき、このおれの胸からわきあがってきた、あの声だ。おれはそれをきいて、よけいに怖ろしくなったものだ。よく覚えている。だから、じいさんの気持ちがよくわかるし、かわいそうにと思う。だが、心のなかでは笑っていた。おれにはわかっていた。じいさんは起きていたんだ。最初のかすかな音で目がさめ、寝返りを打ったときからずっと。そして次第に怖ろしくなってきたのだ。なんでもないといいきかせようとしたが、むだだった。「煙突に風が吹きこむ音だ、ネズミが床を走っていく音だ」とか「コオロギが一声鳴いただけだ」とか。そういいきかせて落ち着こうとしたが、むだだった。なんの役にも立たなかった。なぜなら死に神が黒い影をまとって近づき、じいさんにのしかかっていたんだから。その実体のない影の薄ら寒い気配のせいで、じいさんは感じ取ったんだろう。みえたわけでもきこえたわけでもないのに、おれが頭を突っこんでいることを。

長いことじっと待っていたが、じいさんが横になる音がきこえないので、おれは少し——ほんの少しだけ——ランタンのふたを開けてみることにした。そしてふたを——だれにも想像できないくらいこっそりと——ずらすと、すき間からクモの糸のようなかすかな光の筋がのびていって、あのハゲタカの目を照らした。

目は大きく見開かれていた。おれはそれをみて、かっとなった。それは闇のなかにくっきり浮かびあがっていた。にごった青い目の表面を気味の悪い膜がおおっている。おれは骨の髄まで凍りついた。しかし顔も体もみえてはいなかった。ランタンの光は、まるでおれが直感的にそうしたかのように、あの怖ろしい目だけにぴたりと当たっていたのだ。

前にもいったと思うが、おれは頭がおかしいんじゃなくて、感覚が敏感すぎるんだ。そのとき、低く鈍く、せわしい音がきこえてきた。まるで綿で包んだ懐中時計の音のようだった。その音にも聞き覚えがあった。じいさんの**心臓の鼓**動だ。それがおれの怒りに油を注いだ。兵士を戦いにかりたてる太鼓の音のように。

だがおれは気持ちをおさえ、じっとしていた。息を殺し、ランプを握りしめ、あの目を照らし続けた。地獄の太鼓のような**心臓の音**が激しくなってきた。一秒ごとに速く、大きくなってくる。じいさんの体は恐怖ではち切れそうだった！　音はさらに大きくなった！　嘘じゃない。前にもいったが、おれは神経が鋭敏なんだ、本当にそうなんだ。そして、深夜、古い家の身も凍る沈黙のなか、不気味な音に襲われ、おれは怖ろしくていてもたってもいられなくなった。だが、まだしばらくはがまんして、じっとしていた。**しかし音は大きくなる一方だ。**
おれは心臓が破裂しそうな気がしてきた。
そして、新たな不安が頭に浮かんだ。この音を、近所の人にきかれたらどうする！これ以上、生かしてはおけない！　おれはひと声叫ぶと、ランタンのふたを開け、部屋に飛びこんだ。じいさんは一度、悲鳴をあげ——それきりだった。おれはじいさんをベッドから引きずりおろし、重いベッドを持ち上げて、その上に落とした。おれはほっとして笑った。これで終わった。ところがその後何分も、くぐもったような**心臓の音**はやまなかった。

ただ、その音にいらつくことはなかった。壁の外まではきこえやしない。そのうち何もきこえなくなった。

†

死んだらしい。

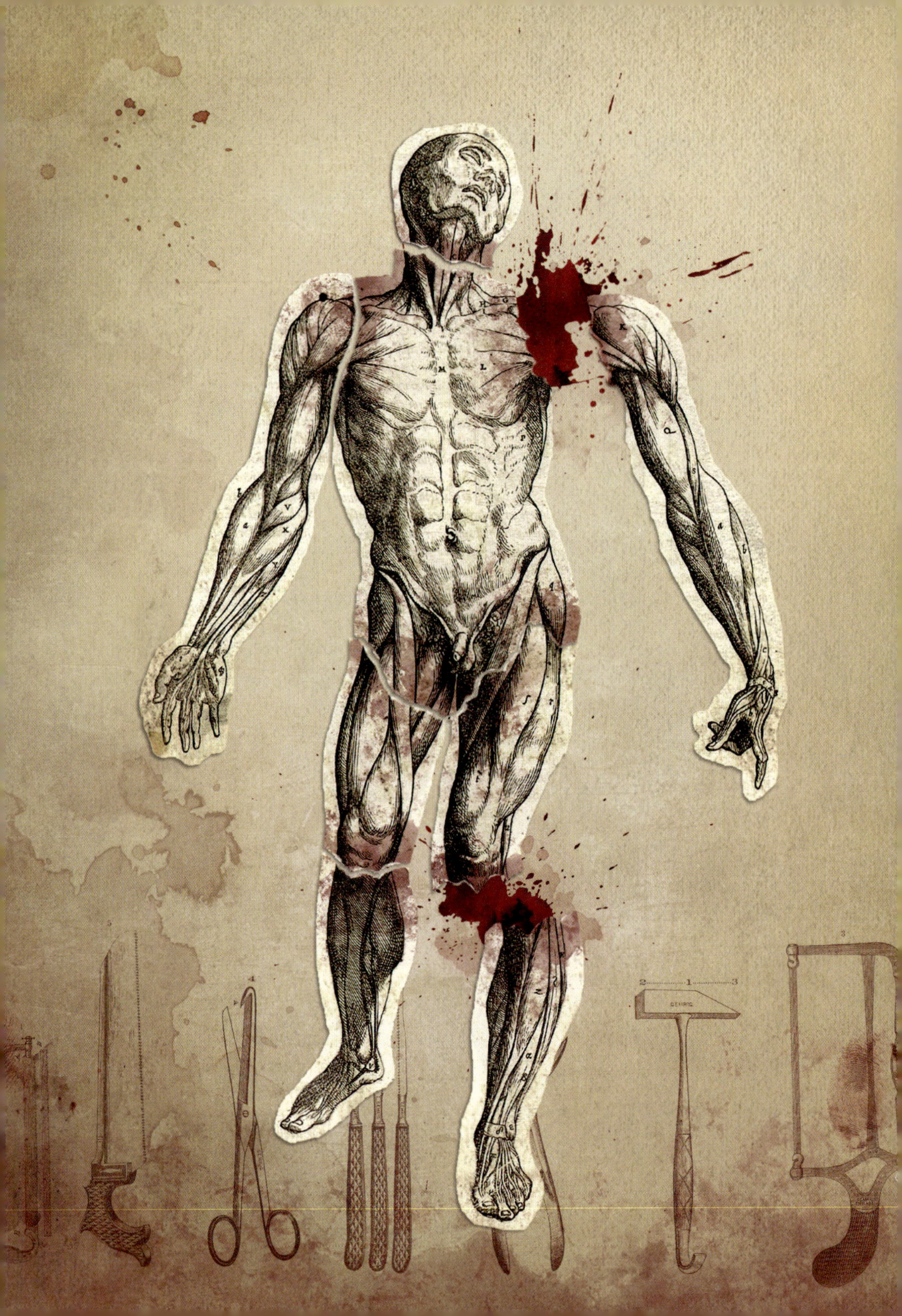

おれはベッドをどかして、確かめてみた。完全にくたばっていた。しばらく心臓に手をあててみたが、ぴくりとも動かない。完全にくたばっている。**これでもう、あの目にさいなまれることもない**。

まだおれのことを頭がおかしいと思っているかもしれないが、どうやって死体を隠したか、それをきけば、そんな疑いも晴れるはずだ。朝が近かったから、手早く、しかし音をたてないように処理した。まず死体を解体した。**首を切り落とし、腕と脚を切り離し、**床板を三枚はがすと、その下に放りこんだ。それから床板を元通りに、だれの目にも——あのじいさんの目にも——わからないようにしておいた。まわりを洗う必要もなかった。汚れも血のあともない。そのへんは抜かりなく、すべて大きなたらいのなかでやったんだ。

すべてが終わったのは朝の四時——まだ深夜のように暗かった。教会の鐘が四時を打ったとき、玄関にノックの音がした。おれは出ていって、扉を開けた。気持ちは晴れ晴れしていた——もうなんの心配もないのだ。男が三人入ってきて、とても礼儀正しく、警察の者ですと挨拶をした。近所の方がいらっしゃって、昨晩、悲鳴がきこえた、何かあったのではないかとおっしゃいまして、署のほうでもそんな知らせを受けたものですから、われわれが調査にかりだされたというわけなのです。

おれはにっこりほほえんだ。何を心配することがある？　三人を招き入れ、昨夜、悪夢にうなされて悲鳴をあげたんですと説明した。ここの主人は今いなかにいっていまして、といいながら家のなかを案内した。どうぞ——ご自由に——調べてください、そういって、じいさんの部屋に連れていった。そして金目のものはすべてそこにあるのをみせた。おれは調子に乗って、椅子をいくつか持ってくると、お疲れでしょう、といって勧めた。そして勝ち誇った気分で、じいさんの死体の真上に座った。

警官たちは満足した。おれの態度をみて確信したんだろう。落ち着きはらっていたんだから。警官たちは椅子に座り、おれは明るく受け答えをした。まあ、世間話だった。ところが、そのうちおれは血の気が引くのを感じ、早く帰ってくれないかと思い始めた。頭痛がして、耳鳴りがしてきたんだ。だが警官たちは座ったまま、いつまでもしゃべっている。耳鳴りが次第にひどくなってきた。おれは気を紛らわせようと、陽気に話したが、耳鳴りはやまないどころか、いよいよひどくなってきて――そのうちふと、それが頭のなかで響いているのではないのに気がついた。

おれはまっ青になっていたにちがいない。だが、声高に話した。それでも音はどんどん大きくなってくる。おれにどうすることができただろう？　それは低く鈍く、せわしい――まるで綿で包んだ懐中時計の音のようだった。おれは息苦しくなってきてあえいだが、警官たちにはきこえていないようだった。おれは早口で必死にまくしたてたが、音はさらにさらに大きくなっていく。おれは立ちあがり、どうでもいいことを、甲高い声で大げさな身振りで、しゃべりまくった。が、音は大きくなる一方だった。なぜいつまでもやまない？　おれは大股で部屋のなかを歩き回った。まるで三人にみつめられていらだっているかのようだった。が、音はまだまだ大きくなっていく。いったい、どうしろというんだ！　おれは口から泡を飛ばし――怒鳴りちらし――ののしった！　座っていた椅子を振り上げて、床板をなぐりつけた。それでも音はあたりに響きわたり、さらに大きくなっていった。これでもか、これでもかといわんばかりに！　**それなのに警官たちは楽しそうにしゃべって、にこにこしている。これがきこえないって？　嘘だ！　そんなはずがない。きこえてるはずだ！　疑っているはずだ！　知っているんだ！　おれがこわがっているのを楽しんでいるんだ！　おれはそう思ったし、いまでもそう思っている。この苦しみ以上の苦しみがあるだろうか。この連中にばかにされているかと思うと、がまんがならなかった。白々しい顔をしてへらへら笑いやがって！**

叫ばないと死んでしまいそうだった！　すると——また——あの音が、ほら、この音だ！　どんどん、大きく、

大きくなって！

「いいかげんにしろ！」おれは怒鳴った。
「わかっているくせに！ おれがやったんだ！
その板をはがしてみろ！ ここだ、ここだ！

これは、あいつの
心臓の音だ！」

SUPERIOR VENA
AORTA
PULMONARY ARTERY
PULMONARY VEIN
INFERIOR VENA CAVA

EDGAR ALLAN POE'S

THE OVAL PORTRAIT

1842

楕円形の肖像画

わたしの従者がその無人の城に入ることにしたのは、重傷を負ったわたしを野外で一晩すごさせるわけにはいかないと思ったからだ。城はアペニン山脈にたつ暗く壮大な大建築で、アン・ラドクリフが書くゴシック小説に出てきそうな近寄りがたい雰囲気があった。みたところ、つい最近までは人が住んでいたようだ。わたしたちは、小さめで比較的、簡素な部屋を使わせてもらうことにした。その部屋は城の奥のほうにあった。内装は豪華だったが、どこも古びて傷んでいた。壁にかかっているのはタペストリや紋章の入った多種多様な戦利品、そして数え切れないほどの鮮やかな最近の絵画だった。どれも豪華な金のアラベスク模様の額に納められている。

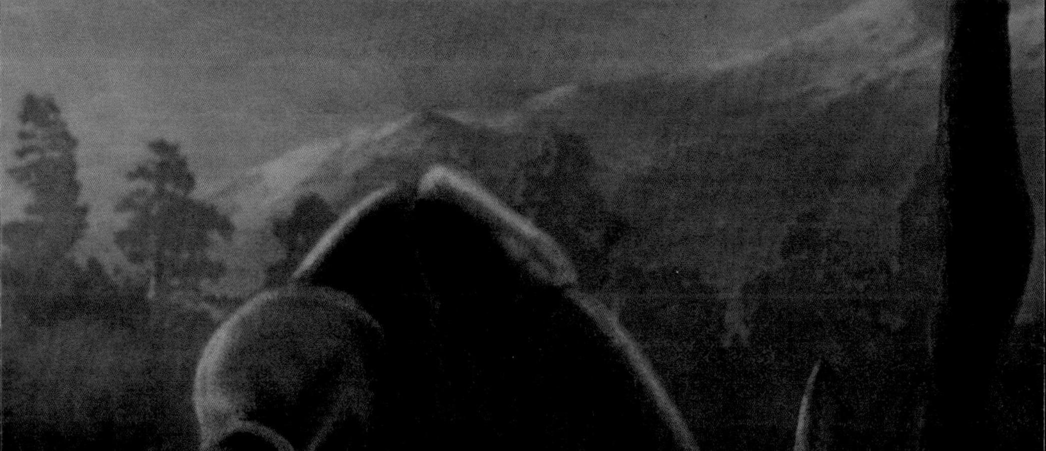

絵は壁だけでなく、奇怪な設計のせいであちこちにできた多くのくぼみにもかかっている。わたしは正気が失せかけていたせいか、これらの絵に妙に興味を引かれた。そこでペドロに命じた。部屋の分厚い鎧戸を閉め——すでに夜だったので——わたしが横になっているベッドの枕元にある、高い枝付き燭台のロウソクに火をつけ——ベッドのまわりを囲っている縁飾りのついた黒いベルベットのカーテンを開けてくれ、と。そうすれば、眠れなくても、部屋の絵をながめたり、枕の上にあった小さなノートを読んだりすることができる。その本は、ここにある絵の紹介と批評が書かれているらしいのだ。

ずいぶん長いこと——そのノートに読みふけり——夢中になってむさぼるように絵をながめた。またたく間に、素晴らしい早さで時間が流れ、気がつくと深夜だった。燭台の位置が気になったので、ぐっすり眠っている従者を起こすよりはと、ままならない手を伸ばしてノートに光が当たるようにした。

ところがそのせいで思いがけないことが起こった。多くの(かなりの数の)ロウソクの光が、ベッドの柱のせいで暗い陰になっていたくぼみに射しこみ、それまで気がつかなかった絵をあざやかに照らしだしたのだ。女というには少し若い女性の肖像だった。わたしはそれをちらっとみて、すぐに目を閉じた。なぜ目を閉じたのかは自分にもよくわからなかったので、まぶたを閉じて、その理由を考えてみた。それは考える時間を作るための衝動的な反応——見間違いでないことを確認し——とんでもない想像を鎮め、抑えて、冷静に理性的にながめるためだった。そこで、わたしはすぐに、もう一度じっくりその絵をみることにした。

わたしの目が確かだったことは、疑うまでもないし、疑いたくない。ロウソクの光がキャンバスを照らしたとたん、知らないうちにまどろみしびれかけていた感覚が目覚め、はっと我に返ったからだ。

その肖像は、先にもいったように、若い女性のものだった。肩から頭までが、輪郭をぼかした、ビネットと呼ばれる手法で描かれている。イギリス生まれのアメリカ人画家、トマス・サリーが好んで使った手法だ。腕も胸も、輝く髪の先までが知らず知らずぼやけて、ぼんやりとした、しかし深い影に溶けこみ、それがそのまま全体の背景になっている。額縁は楕円形で、金の塗料を厚く塗られ、金銀線の細工が施されている。美術品としてこの絵以上に素晴らしいものはないほどの出来だ。しかし、いきなり激しくわたしを動揺させたのは、その芸術性でもなければ、描かれている女性のこの世のものとは思えない美しさでもなかった。もちろん、わたしの夢がうたた寝からたたき起こされて、それを生きている人と見間違えたからでもない。絵の独特のデザインや、ビネットの手法や、額縁をみれば、そんな考えが生じるはずもない——一瞬たりともそんな思い違いはありえない。そんなことをあれこれ考えながら、一時間ほど、後ろにもたれて座る格好で、その絵をみつめていた。そのうちようやく、なぜ自分がこの絵に激しく動揺したか、その理由に思い当たってほっとした。そしてベッドに横になった。この絵の魔力はあまりに生き生きとした表情にあった。そのせいで、わたしは最初は驚き、それから当惑し、たじろぎ、戦慄したのだった。わたしは心の底からの畏れを感じ、燭台を元の場所にもどした。心をかき乱した絵がみえなくなると、わたしはこの部屋に飾られている絵の紹介と批評を書き記したノートをさがした。そして楕円形の肖像画について書かれているページまでめくると、そこには、次のような不思議で奇妙なことが書かれていた。「彼女は信じられないほど美しく、またかわいいだけでなく明るかった。ところがある画家に出会い、その画家を愛し、その画家と結婚したのが運のつきだった。彼は情熱的で、勤勉で、きまじめで、すでに芸術という花嫁を持っていたからだ。彼女は信じられないほど美しく、またかわいいだけでなく明るかった。太陽のように微笑み、幼い子鹿のように陽気だった。すべてのものをめでて愛しんでいた。ただ、恋敵である芸術だけは憎んでいた。愛すべき夫の心を奪うパレットや絵筆やその他の邪魔な道具だけは怖れていた。そんなとき、怖ろしいことに、彼女は、おまえのその若い姿を絵に描いてみたいといわれたのだった。彼女はおとなしく従順だったので、いわれたとおり何週間も暗い中で座っていた。そこは高い塔の上の部屋で、上からもれる光が白いキャンバスを照らすだけだった。しかし画家は絵を描くのに夢中になり、それは何時間も何日も続いた。画家は情熱的で、激しやすく、またふさぎこみやすい性格で、自分の思いにのめりこんでいた。そのせいで、寂しい塔に射しこむ薄青い光が、彼女を心身ともにむしばんでいることに気づかなかった。彼女がやせ細っていくのがわからなかったのは画家だけだった。しかし彼女は微笑みをたやすことなく、不平をもらすこともなかった。というのも（世に評判の高い）画家は今の仕事に熱く燃えるような喜びを感じていて、昼も夜も夢中になって彼女を描きつづけたからだ。彼女は画家を心から愛していたが、日に日にやつれ、衰えていった。一方、その肖像をみた数人は、声をひそめて、まるで偉大な奇跡を語るかのように、あそこまで似ているのは、画家の技量というより妻への愛情のせいではないかといった。それほどまで見事に描けていたのだ。しかし絵が完成間近になると、塔にはだれも入れなくなった。画家がいよいよ仕事に夢中になり、キャンバスから目を離すのは、ほんのたまに妻の顔をみるときだけになってしまったからだ。画家は気づいていなかったが、キャンバスに塗る色は、前に座っている妻の頬から吸い取られた色だった。さらに数週間が過ぎ、あとは口元にひと筆加え、目の上にひと色そえるだけになったとき、彼女の気持ちは、ランプの底までたどりついた炎のように、いきなり明るく燃えあがった。そしてひと筆が加えられ、ひと色がそえられた。一瞬、画家は恍惚として仕上がった絵の前に立った。ところが次の瞬間、画家は絵に見入りながら、震えだし、真っ青になり、おののきながら、大声で叫んだ。

「この絵は生きている！」
そしてふと妻のほうに目をやると――

彼女は死んでいた！

EDGAR ALLAN POE'S

ANNABEL LEE

1849

アナベル・リー

何年も何年も前

海辺の王国に

ひとりの少女がいた

その名はアナベル・リー

その子の心には、ぼくを

愛することと、ぼくに愛されることしかなかった

ぼくは幼く、彼女も幼く
この海辺の王国で
ふたりは、愛を超えて愛しあった
ぼくと**アナベル・リー**の愛を
翼を持つ天国の天使さえ
うらやんでいた

そのせいで、もうずいぶん前、
海辺の王国に
雲間から風が吹きつけ
美しいアナベル・リーは凍りついた
身分の高い彼女の家族がやってきて
彼女をぼくの前から連れ去り
墓に閉じこめた
墓は海辺の王国にある

天使たちは、天国にいてもあまり幸せでなく
アナベル・リーとぼくをねたんだ
そう!　そして（だれだって知っている
海辺の王国で）
夜の雲間から風が吹きつけ
アナベル・リーを凍りつかせて命を奪った

だけどぼくたちの愛は強かった
大人の愛よりずっと――
賢者の愛よりずっと――
天国の天使も
海の悪魔も
ぼくの魂を**アナベル・リー**の魂から
引き離すことはできない

だって、月が輝けば、ぼくは夢をみる
美しいアナベル・リーの夢を
そして星がまたたけば、ぼくは明るい瞳をみる
美しいアナベル・リーの瞳を
そして夜の潮とともに、ぼくは横たわる
いとしい――いとしい――ぼくの命、ぼくの花嫁は
海辺の墓地
波打ち際の墓のなか

ANNABEL LEE

1842

EDGAR ALLAN POE'S

THE MASQUE OF THE RED DEATH

赤死病の仮面

赤死病が国で猛威をふるい始めてからもうずいぶんになる。この疫病ほど致命的で無残なものはない。病名の**「赤」は血、血の色、**血の恐怖を表している。全身の痛み、突然のめまい、毛穴からの出血、そして死。体、とくにその顔をおおう深紅の汚れをみると、だれも近づこうとはせず、仲間さえ寄りつかない。発症から死までわずか半時間。

しかしプロスペロは陽気で豪気で賢明な公爵だった。領内の人口が半分にまで減ると、宮廷の健康で元気のいい騎士や貴婦人を千人選び、城の奥にある建物に引きこもった。大きな堂々とした建物で、公爵の派手で変わったもの好きという性格が大いに反映されていた。まわりを囲む高くてごつい塀には鉄の門がいくつかあった。騎士たちは中に入ると、炉と大きな金槌を使って、門のかんぬきを溶接して開かなくした。絶望や狂気にかられた者たちが飛びこんだり飛びだしたりできないようにという計らいだ。食料の備蓄はたっぷりあった。こうして、彼らは伝染病を防ごうとしたのだ。**外の世界は放っておけばいい**。嘆くことも考えることもない。娯楽にも事欠かないようにしてあった。道化師、即興詩人、バレリーナ、楽士、美女、ワイン。内側にはこうした楽しみと安全があり、外側には赤死病があった。

閉じこもってから五ヶ月か六ヶ月が過ぎ、外では疫病が猛威をふるっていたとき、プロスペロはそれまでにない盛大な仮面舞踏会を開いて、千人の男女をもてなすことにした。

その舞踏会は豪華にして壮麗。まずは会場になった部屋について説明しよう。七つの大広間があった。多くの城では、この手の広間は四角く、それが一直線に並び、広間と広間は両側に開く扉でしきられている。したがって、扉をすべて開け放てば、端から端までみえる。この建物はそこがちがっていた。公爵のとっぴな趣味がそこにも生かされているのだ。広間は不規則に配置されていて、隣の部屋はほとんどのぞけないようになっている。二、三十メートルおきに急に曲がり、曲がるたびに趣向の違う広間が続く。部屋の左右の壁の中央に縦長のゴシック風の窓があり、そこからは暗い廊下がみえる。廊下は、曲がりくねった広間の壁にそってのびている。広間の窓はどれもステンドグラスで、その色は、広間の内装の色に合わせてあった。たとえば東端の広間の内装は青で統一されていて、窓は目のさめるような青。その隣の広間は装飾もタペストリも紫で、窓も紫。その隣は緑で統一されていて、窓も緑。その隣は家具も明かりも橙——その隣は白——その隣は菫。最後の広間は、ひだをたっぷり取った黒いベルベットのタペストリが、壁の上から下までを隙間なくおおい、床も同じ色の絨毯が敷きつめられている。ところが、この広間だけは窓の色が内装と異なっていた。

深紅——濃い血の色なのだ。さて、七つの広間は金色の装飾品があちこちに置かれ、天井からも下がっていたが、ランプやシャンデリアはなかった。ランプもなければロウソクもない。ただ広間にそってのびる廊下の窓の前に、大きな三脚が置かれ、上の金属の鉢で火がたかれていた。その光がステンドグラスから広間に射しこみ、なかをまぶしく照らしていた。火明かりは様々な色合いを生み、夢幻の小世界を作り出した。しかし西の端にある黒の広間では、血の色の窓から射しこむ光が黒いタペストリを照らすさまは異様で、人の顔までが不気味に染まる。そのため、どんなに大胆な者もここには近寄らなかった。

この広間にはまた、西の壁に黒檀の巨大な時計が置いてあった。振り子は物憂げにゆっくり、単調な音を立てて揺れていた。分針が文字盤を一周すると、時計のなかにある真鍮の肺が澄みきった大きな深い音を美しく奏でた。しかしその音はじつに風変わりで強烈だったので一時間おきに、楽団は演奏中の曲をやめて、しばらくそれに耳を傾けるしかなかった。そしてくるくる踊っていた人々も立ち止まり、楽しい舞踏会もしばらく中断される。時計の鐘が鳴る間、陽気に踊っていた若者も青ざめ、年上で落ち着いた人々もとりとめのない思い出や考えにふけるかのように額に手を当てるのだった。しかし鐘の響きがぴたりとやむとたんに、楽しそうな笑い声が広がった。楽士たちは顔を見交わし、おびえたりしてばかばかしいとばかりに微笑み、おたがい、次に鐘が鳴るときはあんな真似はやめようと小声で言い交わすのだった。ところがまた六十分（三千六百秒）が過ぎて、ふたたび鐘が鳴ると、それまでと同じように不安と身震いと黙考があたりを支配するのだった。

しかしそれを別にすれば、舞踏会は愉快で華やかだった。公爵は好みが独特で、とくに色とその効果についてはうるさく、表面的で装飾的な美しさには興味がなかった。公爵の発想は大胆で過激で、創意は野蛮なまでの輝きを放っていた。公爵を狂人と思う人間もいなくはなかったが、廷臣たちはそうではないと考えていた。公爵の言葉をきき、その姿をみて、手で触れた者はそれがわかっていたのだ。

公爵はこの大舞踏会を催すにあたって、七つの広間の動かせる装飾物をどう配置するかについては大まかな指示をあたえてあった。そのうえ、参加者の扮装にもその趣味が反映されていた。まずグロテスクであること。けばけばしく、きらびやかで、派手で、夢幻的であること。後世、ヴィクトル・ユゴーの破天荒な悲劇『エルナニ』に公爵の好みの特徴がふんだんにもりこまれていたといっていい。手足や衣装がちぐはぐな奇怪な扮装。狂人が考えたとしか思えないめちゃくちゃな扮装。美しいもの、とんでもないもの、奇抜なもの、怖ろしげで少なからず不快感を引き起こすもの。七つの大広間を、無数の夢が闊歩していた。そしてこれらの——夢——が部屋の色を帯びてうごめくように踊っていると、楽団の激しい音楽までがその足音のようにきこえてくるのだった。

やがてベルベットの部屋に立つ
黒檀の時計が時を打つと、
あたりは静まりかえり、
夢は凍りついたかのように立ちすくむ。

が、鐘の音が――ほんのしばらく鳴って――消え去ると、明るく、少しおさえた笑い声が以前と同じようにあたりを包む。音楽が大きく響き、夢は活気づき、それまで以上に体をくねらせて踊りだす。たくさんの色つきの窓から射しこむ、三脚の上の火の光に染められて。しかし今、七つの広間のうち最も西に位置する広間に踏みこもうとする者はなかった。というのも、夜が更け、血の色の窓から降り注ぐ光はいよいよ赤く、つややかな黒一色のタペストリはいよいよ黒く、黒い絨毯の上を歩いていると、すぐそばにある黒檀の時計の時を刻む音が耳を打つからだ。そのくぐもった音は、ほかの遠くの広間で楽しく過ごしているときとちがって、怖ろしげに鼓膜をふるわすのだった。

　しかし、ほかの広間はすべて人であふれ、だれもが熱狂的に生を楽しんでいる。笑い声と喧噪が渦巻き、頂点に達したとき、

時計が真夜中の
十二時を打ち始めた。

楽団の
音楽が
止まり、

踊っていた人々が口をつぐみ、すべてがいつものように静止した。ところが今回は鐘が十二回鳴る。いつもより長いぶん、騒いで

いた人々のなかで考え深い人たちはいつもより考える余裕ができたのかもしれない。また、最後の鐘の音が完全にきこえなくなる前に、舞踏会を楽しんでいた多くの人々の間にも余裕のようなものが生まれたのかもしれない。それまでだれの目にもとまらなかった人物に目がいったのだ。その噂はまたたく間に広がり、すぐにあちこちでささやきが飛びかった。最初それは不快と驚愕の声だったが、またたく間に、それは恐怖と戦慄と嫌悪の声に変わった。

このような奇抜で奇矯な仮装の人々のなかでは、ちょっとやそっとの扮装をしたのではこれほどの騒ぎを起こすことはできない。実際、その晩の参加者はみな思いつく限りの奔放な格好をしていた。だが、今まわりの目を集めている扮装は、ベツレヘムの幼児を虐殺したヘロデ王をしのぐ恐怖を振りまき、公爵のどんな扮装でも許そうという寛容さの範囲を超えていた。

どんなに無関
心な人間にも、心には
さわられると痛いところがある。
生も死も冗談としか思えない失意の
人間にも、冗談にされたくないことがある。
その場にいた全員が、このちん入者の姿をみて
許せないと感じたのは、その無分別と無神経さだっ
た。背が高く、やせていて、全身を屍衣に包み、顔を
おおう仮面は硬直した死骸の顔で、どこからみても死に顔
以外の何物でもない。しかしこれだけなら、さっきまで踊り狂っ
ていた者たちも、許せはしないが、目をつむることはできたかも
しれない。ところがその人物はあろうことか、赤死病の扮装をし
ていたのだ。屍衣はぐっしょり血に濡れ、額の広い顔には赤い
恐怖の色が塗りたくってある。

プロスペロ公爵はこの幽鬼のような姿を目にとめると(その人物は、まるで幽鬼の役を演じているかのようにゆっくり、重々しい足取りで、ワルツを踊っている人々の間を歩いている)、その場に突っ立った。そして怖れかおぞましさで身を震わせたかと思うと、次の瞬間怒りで顔がまっ赤になった。

「何者だ?」公爵は大声でまわりにいた者たちにたずねた。「あのような姿でわれわれを愚弄するとは言語道断。あの者をとらえ、仮面をはがせ——何者かみとどけたあと、夜が明けたら即刻、胸壁から吊せ!」

東端の青の広間で、プロスペロ公爵は怒鳴った。その声は七つの広間すべてに大きく響きわたった。というのも、公爵は剛胆で、体格がよく、手を振って音楽をやめさせていたからだ。

公爵が青の広間にいたとき、まわりには青ざめた廷臣たちが立っていた。公爵の言葉をきくと、彼らは不審な人物のほうにむかっていった。不審者もちょうどそのとき、そばにいて、ゆっくり一歩一歩、公爵のほうに近づいてきていたのだ。ところが、廷臣たちはその異様な扮装をみていいようのない怖れに襲われ、つかまえようと手を伸ばすものはいなかった。不審者はだれにも邪魔されることなく、公爵の一メートルほど横を通り過ぎた。人々はいっせいに広間の中心から離れ、壁際に身を寄せた。不審者はだれにも邪魔されることなく、相変わらず重々しい足取りでゆっくり歩いていった。青の広間から紫——紫から緑——緑から橙——そこから白——さらに菫の広間へと進んでいくあいだ、だれひとりつかまえようとする者はなかった。だが、そのときプロスペロ公爵が、怒りと、一瞬たじろいだ恥辱に身を震わせ、六つの広間を駆け抜けた。その間、すべての人間はおびえて身動きもできず、後を追うこともできな

かった。公爵は抜いた短剣を振りかざし、見る見る相手に近づいていった。そしてあと一、二メートルというとき、相手はベルベットの広間の入り口にたどりつくと、くるっと振り返って、公爵と向かい合った。鋭い悲鳴があがり——短剣がぎらっと光って黒い絨毯の上に落ちた。その上に、次の瞬間、こときれたプロスペロ公爵が倒れた。必死に勇気を奮い起こした廷臣たちが黒の広間になだれこんで、不審者をつかまえた。その背の高い人物は黒檀の大時計の陰に、身動きもせず突っ立っていた。人々は息をのんだ。彼らが乱暴にはぎ取った屍衣と仮面の下には何もなかったのだ。

　赤死病だった。夜陰にまぎれ、盗賊のようにやってきたのだ。踊り騒いでいた人々はひとり、またひとりと、あちこちの血塗られた広間で倒れ、絶望の姿のまま死んでいった。

そして黒檀の時計も、最後のひとりが息絶えるとともに止まった。三脚の火も消えた。

そして闇と
荒廃と
赤死病が
すべてをいつまでも
支配したのだった。

スケッチブック
SKETCHBOOK
ダビッド・ガルシア・フォレス

¿Quién está ahí?
mejor sin bigote
Cesó, por fin de latir.
El viejo había muerto.
the TELL-TALE HEART
• E.A. POE •
-1843-
"They Knew!
They were making a mockery
of my horror!!"
DAVID.- marzo 2011

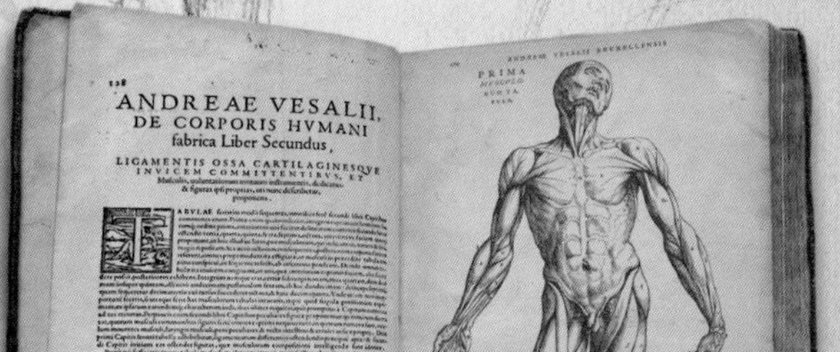

「告げ口心臓」では、最後のシーンの心臓を、あまり不快感を与えないように描くにはどうすればいいか、ずっと考えていた。わたしは、ポーの恐怖は心理的な要素が強いと思ったので、内臓や血をあまり使いたくなかった。ある日、たまたま、1543年の古い解剖学全書(アンドレアス・ヴェサリウスの『人体の構造』)の挿絵を目にして、驚いてしまった。そして、主人公が老人を解体する場面でもこれを使わせてもらった。この作品にぴったりだと思う。そのうえ、ありがたいことに、血まみれの心臓を描かずにすんだ。

「楕円形の肖像画」は、イラストをつけた最初の作品だ。この本のなかでも短いものなので、テストケースにいいと思ったのだ。この新しい企画を始めるにあたり——わたしがつねに崇拝してきたポーが題材ということもあり——プレッシャーをなくすために、もっとも特徴のきわだっている絵、つまりこの若い女性から始めることにした。まずシンプルなスケッチを描いて、色づけの段階でいろいろ手を加えていった結果、十分に満足のいくものができあがった。こうして肖像画ができあがると、この物語の残りのイラストを描き上げる自信がわいてきた。

ジャウマ・バルバによる「死神のキス」という彫刻がバルセロナのポブレノウ墓地にある。これが最初のイラストのモチーフになっている。この彫刻は翼を持つ骸骨——死神——が、倒れている男性にキスをするというかなりエロティックなところを描いている。このイラストでは、男性を女性にかえた。この物語にあわせて。

企画の最初の段階では、詩は入れない予定だった。詩をビジュアルに表現するのは難しいからだ。しかし「アナベル・リー」は、ポーの作品のなかで、わたしの大好きな一編だったので、なんとかして入れたかった。たしかに、絵にするのは難しかったが、できあがったイラストにはとても満足している。

The Masque of the Red Death
" Que el mondo de fuera
se ocupase de sí mismo"

「赤死病の仮面」の仮面舞踏会の場面は、ポップカルチャーへのいくつかのオマージュがふくまれている。自分もそれにかかわってきたのだから、インスピレーションを与えてくれた、映画や音楽やコミックの場面や人物を使わない手はない。何枚もスケッチを描いて、その多くは途中で没になったが、何枚かは完成した。この舞踏会の参加者のなかには、『スター・ウォーズ』や『パンズ・ラビリンス』や『ダーク・クリスタル』に触発された扮装もみられるし、フレディ・マーキュリーやデイヴィッド・ボウイも登場している。あとは目のいい読者にまかせよう。

最初、「赤死病」は、これまでに描かれたものとまったく違うものにしようと思った。そしていろんなイラストを描いてみたのだが、結局、昔ながらの（赤いフードのついた僧服）がいちばんぴったりはまった。手遅れにならないうちに、気がついてよかった。

Poe
nevermore
ipoe collection.com
DAVID 2012
Plutón

これらは、わたしが思うにまかせて描いたポーの世界のスケッチだ。いくつかはプロモーションに使われた。ポーはとても描きやすいキャラクターだ。

1809-1849

Edgar Allan POE

ポー 生涯と作品

BIOGRAPHY

　人生と作品が分かちがたく結びついている作家がいるとしたら、それはエドガー・アラン・ポーだろう。1809年、マサチューセッツ州ボストンで生まれるが、やがて、兄、ウィリアム・ヘンリー、妹ロザリーとともに孤児になる。すべて運次第という状況に陥るが、リッチモンドの裕福なアラン家に引き取られる。ポーはアランの名前をもらい、エドガー・アラン・ポーと名乗ることになる。しかし、正式に養子にしてもらったわけではない。ただ、新しい家ができ、そのおかげで、あちこち旅行をし、イングランド、スコットランド、アイルランドの学校で学び、様々な文化と出会う。このときの経験が、彼と彼の作品に大きな影響を及ぼしていることはまちがいない。

　アメリカとヨーロッパを何度か行き来したのち、ヴァージニア大学で学ぶ。ポーは優秀な学生だったが、ギャンブルに手を出して借金がかさみ、それが原因で養父と仲違いをすることになる。ポーは大学を1年で退学。経済的に行き詰まると、年を偽り、エドガー・A・ペリーという偽名を使って、陸軍に入隊する。その一方で、初期の作品を出版し始める。ほとんどは詩で、残念ながら売れなかった。ところが、運命が大きく変わる。それは「サザン・リタラリー・メッセンジャー」という雑誌の編集者になったのがきっかけだ。ポーは編集者として働く一方、いくつかの物語を発表し、それが世間の目を引く。しかし、文学者としての才能が芽吹くとともに、神経質になり、とっぴな振る舞いをするようになり、酒の量が増えていく。そのため、数年後、くびになる。

　1836年、ポーは父方の叔母の10代の娘、ヴァージニア・エライザ・クレムと結婚するが、仕事がうまくいかず、生活は困窮する。

ポーの傑作のいくつかはこの時期に書かれている。「黄金虫」「リジーア」「楕円形の肖像画」「黒猫」「告げ口心臓」「赤死病の仮面」は『グロテスクとアラベスクの物語』という短編集やその他の本に収録されている。

1845年、「鴉」という詩でビッグヒットを飛ばし、その後もいくつか傑作を書くが、性格に問題があり、また収入も安定せず、極貧の生活を強いられる。

1847年、妻が結核で死ぬと、ポーはいよいよ悲惨な状況に追いやられる。ポーは妻の死を乗り越えることができなかった。過度の飲酒によって、手足が震え、幻覚をみるようになっていく。そしてそれがポー自身とポーの作品の特徴として永遠に記憶されることになる。

1849年10月3日、エドガー・アラン・ポーは、浮浪者のような格好でボルティモアの路上で意識不明のところを発見される。病院に運ばれるが、数日後に死亡。40歳だった。死因はいまだ不明だ。ポーは暗い人生と、大きな遺産を残していった。その遺産は、何世代にもわたって、文学、音楽、コミック、イラスト、映画などに影響を与え続けてきた。恐怖小説、ミステリ、推理小説の革新者として、ポーが提示したテーマと雰囲気は、1世紀半を経た今日でも、変わらない影響力を持っている。

NOTES AND TRIVIA
解題

告げ口心臓

1843年に出版された、ジェイムズ・ラッセル・ロウウェル編集の「ザ・パイオニア」(ボストン) 誌に収録されている。ポーはたった10ドルしかもらっていないが、彼の作品のなかでも驚くほどいろいろに翻案されているし、多くの作家にインスピレーションを与えている。今日でも、「告げ口心臓」はゴシック文学の古典であり、ポーの作品のなかでもっとも重要で影響力のある短編である。

この物語に関していつも議論になるのは、ふたりの登場人物の関係があいまいなことだ。名前も、職業も、住んでいる場所も書かれていない。

語り手は、老人の使用人かもしれないし、息子かもしれない。後者の場合、老人の「ハゲタカの目」は管理的な親の象徴であり、もしかしたら親が子どもに押しつける倫理観かもしれない。とするなら、目を殺すということは、良心からの解放だ。完全犯罪をたくらむスリリングな短編の結末は、この手の話によくあるパターンだ。

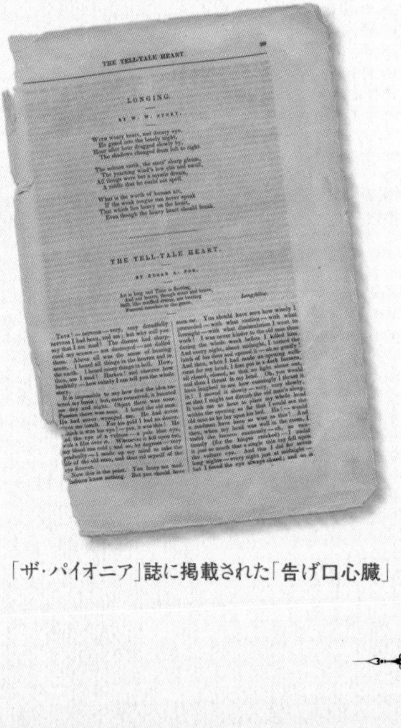
THE TELL-TALE HEART.

LONGING.

THE TELL-TALE HEART.

「ザ・パイオニア」誌に掲載された「告げ口心臓」

楕円形の肖像画

アン・ラドクリフ

「楕円形の肖像画」は1842年4月、「グレアムズ・マガジン」に「死のなかの生」というタイトルで掲載された。この最初の版には導入的な部分があって、語り手が深手を負ったいきさつや、アヘンをのんで痛みをやわらげたことなどが書かれている。

現在、広く読まれている最終版で、ポーはこの導入の部分を削除している。本筋にあまり関係がないし、この物語が幻想にすぎないという印象を与えないほうがドラマティックになると思ったからだろう。

短くなった最終版は「楕円形の肖像画」とタイトルも改められ、1845年4月26日発売の「ブロードウェイ・ジャーナル」に掲載された。作品のなかにこんな描写がある。「城はアペニン山脈にたつ暗く壮大な大建築で、アン・ラドクリフが書くゴシック小説に出てきそうな近寄りがたい雰囲気があった」。

ポーは――おそらく敬意を払って――アン・ラドクリフ（1746～1823）の名前を出したのだろう。ラドクリフはイギリスの女性作家で、ゴシック恐怖小説のパイオニアだ。

もうひとり、実在の人物の名前があがっている。「イギリス生まれのアメリカ人画家、トマス・サリーが好んで使った手法」というところ。サリーは当時、非常に有名な肖像画家のひとりだった。

トマス・サリー

アナベル・リー

「アナベル・リー」は、ポーが作った最後の完璧な詩だ。ほかの多くの作品と同様、ポーのお気に入りのテーマをもとに作られている。それは美しい女性の死で、ポーはそれを「世界でもっとも詩にふさわしい題材」と呼んだ。もし「アナベル・リー」のモデルがいたとしたら、それはだれか、昔から今までずっと議論のネタになってきた。多くの女性がその候補にあがったが、ポーの妻であるヴァージニア・クレム・ポーが最有力候補だ。この詩は1849年に書かれたが、同年、ポーが死んだ直後に活字になった。

「アナベル・リー」はロシア出身の作家ウラジミール・ナボコフに影響を与えている。とくに『ロリータ』(1955年)はそうだ。この作品のなかで、語り手は幼い頃、「海辺の王国」にいた病気のアナベル・リーに恋したと語っている。最初、ナボコフはタイトルを『ロリータ』ではなく『海辺の王国』にするつもりだった。

ヴァージニア・エライザ・クレム・ポー

赤死病の仮面

1842
EDGAR ALLAN POE'S
THE MASQUE
OF THE RED
DEATH

ハリー・クラークによる
「赤死病の仮面」の挿画（1919年）

1842年、「グレアムズ・レディーズ・アンド・ジェントルマンズ・マガジン」が初出。ただ、タイトルは、'Masque' が 'Mask' になっている。このときポーは12ドルもらっている。1845年に改訂版が「ブロードウェイ・ジャーナル」に載った。このときは 'Masque' になっており、今はこちらが一般に使われている。

この物語で、ポーは昔の文学的、文化的な素材を借りてきてそれをうまく利用している。たとえば、「赤死病」は、おそらく中世のヨーロッパを蹂躙した「黒死病」（ペスト）がヒントになっている。また、建物の西の翼にある黒の広間もそうで、西は死を表すという、古い言い伝えが取り入れられている。だから、公爵は東端にある青の部屋を飛びだして、西端にある黒の部屋に飛びこむ。つまり、生から死への旅を象徴しているのだ。それはだれかの死ではなく、だれもの死であり、公爵も家臣も従わなくてはならない。ポーはこの物語で、読者すべてに考えてほしい、ひとつのメッセージを送っているのかもしれない。

訳者あとがき

最初、このイラストブックをみたときには、うなってしまった。

ポーのイラストもここまできたか、と思った。その気持ちは、この本を手にした読者もまったく同じだと思う。

ポーの作品は、ほんとに絵になる。テニエル、ハリー・クラーク、マネ、ギュスターヴ・ドレ、ビアズリーなど、そうそうたるメンバーが挿絵を描いている。世界の古典文学のなかで、ルイス・キャロルとエドガー・アラン・ポーの作品ほど多くの画家やイラストレーターの心をくすぐる物語はないと思う。たまに、浮世絵師の国芳や芳年が描いていたら、どんなものになっただろうなどと想像するのも楽しい。

挿絵に、さらに映画を加えると、ポーの作品は圧倒的に強い。グリフィス『恐ろしき一夜』に始まり、ロジャー・コーマンの一連の作品、ロジェ・ヴァディム、ルイ・マル、フェリーニによるオムニバス作品『世にも怪奇な物語』など、数え上がるときりがない。原作ではなくとも、ポーへのオマージュ映像(やコミック)もたくさんありそうだ。

なぜこんなにポーの作品が絵になったり、映画になったりするのか。いや、したがる画家や映画監督が多いのか。それはいうまでもなく、「絵になるから」だろう。それも「怖い絵」に。

ポーの怪奇小説は、心理的な恐怖と視覚的な恐怖が一体となって、読者を襲う。そのときの恐怖はまさに戦慄を伴う恐怖で、金縛りに近い。

じつはその魅力にとりつかれて、大学院の修士論文にはポーの作品を選んだ。そして、岩波少年文庫から『モルグ街の殺人事件』という短編集を出し、その他、いくつかの短編や詩を訳している。

そして今回、このダビッド・ガルシア・フォレスのイラストをながめながら、今までとはまた違う文体でポーの短編や詩を訳してみた。

フォレスのイラストはまさに、今、この時代でしか生まれえなかったイラストだ。どれもが現代的でありながら、19世紀アメリカのじつに奇妙な作品の強烈な個性が生きている。

どうか、この絵を楽しみながら、訳文も楽しんでみてほしい。

なお最後になりましたが、世界中のどこでもまだ本になっていない（2014年8月現在）イラストブックを紹介してくださった編集者の百町研一さん、原文と訳文のつきあわせをしてくださった中村浩美さんにこころからの感謝を！

2014年8月20日
金原瑞人

わたしは怖ろしい正気を長く経験したのち狂気にいたった。

エドガー・アラン・ポー

Edgar Allan Poe

✣E·A·ポー
Edgar Allan Poe

1809-1849年。アメリカの詩人・作家・雑誌編集者。『モルグ街の殺人』で推理小説ジャンルを創造し、『鴉』に代表される詩はボードレールなどフランス象徴派に、『アーサー・ゴードン・ピムの物語』などの冒険小説はヴェルヌをはじめとするSF作家たちに大きな影響を与えた。代表的な短編小説にはゴシック風の幻想譚『アッシャー家の崩壊』、『黒猫』など。

✣ダビッド・ガルシア・フォレス＝画
David Garcia Forés

スペイン生まれ。バルセロナで活動するイラストレーター。近年、最も敬愛する作家であるエドガー・アラン・ポーの作品世界を探究し続けており、本書で結実させた。

✣金原瑞人＝訳
Mizuhito Kanehara

1954年、岡山県生まれ。児童文学研究者。法政大学社会学部教授。ファンタジー、YA 、マイノリティ文学、英米の古典の翻訳を通して、広く海外文学の紹介を行っている。ヴォネガット『国のない男』(日本放送出版協会)、ウェルズ『タイムマシン』、ポー『モルグ街の殺人事件』(以上、岩波少年文庫)、モーム『月と六ペンス』(新潮社)など、翻訳・編著書は400点を超える。絵本の翻訳も多数。

ヴィジュアル・ストーリー
ポー怪《かい》奇《き》幻《げん》想《そう》集《しゅう》1
[赤《あか》の怪《かい》奇《き》]

2014年9月30日　初版第1刷発行

著者
エドガー・アラン・ポー

イラストレーション
ダビッド・ガルシア・フォレス

訳者
金《かね》原《はら》瑞《みず》人《ひと》

発行者
成瀬雅人

発行所
株式会社原書房
〒160-0022 東京都新宿区新宿1-25-13
電話・代表 03(3354)0685
http://www.harashobo.co.jp
振替・00150-6-151594

ブックデザイン
小沼宏之

印刷
新灯印刷株式会社

製本
東京美術紙工協業組合

ISBN978-4-562-05094-9
Printed in Japan